HISTOIRE

DE

LA PAIX

DES

CHIENS

AVEC

LES LOUPS,

POEME HEUREUSEMENT
Découvert par un Mandarin de
la Societé

A PEKIN

Avec Permission de Sa Majesté Chinoise.

M. D. CC. XXI.

LA PAIX
DES
CHIENS
AVEC
LES LOUPS.
POËME.

SAge Damon, Berger de conséquence,
De grand renom, absolu comme un Roy,
Dans le Hameau faisoit à tous la loy,
Et ne trouvoit la moindre résistance ;
Tous bénissoient sa douce autorité,
N'étoit Manant, qui n'aimât sa bonté :
Encore qu'Expert a manier les armes
Vouloit la paix, & la vouloit par tout.
La paix pour luy n'eût jamais que des charmes,
Et quand pouvoit, la préferoit à tout.
    Or tel penchant luy fit venir en tête
Un grand dessein digne de sa Houlette,
Et du pouvoir que le Ciel luy donna :
Mais ce dessein certes tous étonna.

Il entreprit de finir une guerre,
Qui dés long-tems faisoit bruit sur la terre,
Voulût donner à son troupeau nombreux
Paix & salut, rendre son sort heureux.
Fort bien pensé, l'entreprise fût belle :
Mais quel succès ? Pour ma gloire immortelle
Je veux, dit-il, par un éfort nouveau
Négocier une paix éternelle
Entre les Loups & les Chiens du Troupeau,
Et faire entr'eux concorde mutuelle.

   Ah ! pour le coup la chose est fort nouvelle,
Sire Damon, si vous réüssissés
Des grands Bergers vous serez le modéle,
Et tel jamais ne fût aux temps passez.

   A tout hazard pour cette grande affaire,
Fût employé tout soin, tout sçavoir-faire,
Grands pour-parlers, Conférences, écrits,
De part & d'autre, & les plus beaux esprits
Ne manquoient pas de faire des merveilles,
Si que jamais on n'en vit de pareilles.

   Les Loups hurloient & les Chiens aboyoient,
Se séparoient & puis se revoyoient,
Par intervale ayant repris haleine,
Tout de nouveau recommencoient la Scene ;
Loups agresseurs, Dogues à grands colliers
Argumentoient comme frais Bacheliers,
A maintes fois revenoient à la charge,
Les uns pressez, les autres au large,
Miraut, Briffaut le terrible Lion
Etoient par tout & faisoient des prodiges,
D'autres encore marchant sur leurs vestiges,
N'épargnoient pas des Loups la nation.

   Nôtre Berger au talent pacifique,
Comme il pouvoit, accordoit la musique,

Difoi à droite, vous avez fort bien dit,
A gauche encore : fort bien fauf contredit.
Puis terminant les chaudes controverfes.
Il renvoyoit les Parties adverfes.
A la quinzaine, il faut donc revenir,
Et voir encore fi l'on pourra finir.

Au Rendés-vous l'on reprend la Scéance,
Le grand Damon perd toûjours patience,
Autres débats fur des points conteftez
Fût encore bruit entre les Députez,
Soûmiffion parfaite, obéïffance
Termes étoient qu'à l'un des deux côtés
Tant feulement on ne pouvoit entendre,
Si fait bien ceux d e droits de libertés
Que ces Meffieurs fçavoient toûjours prétendre
A tort ou non. Eh oüi Meffieurs les Loups
Des Libertez vous en êtes jaloux,
Dit un Doguin, l'on en fçait des nouvelles
Quand defcendez des bois & des côteaux,
Et que venez muguer-er nos Troupeaux,
En tapinois vous en faites de belles
Nous connoiffons vos rufes, vos panneaux
Depuis long-temps nous fçavons vos manéges.
Gardez vos droits & vos beaux Priviléges,
Retirons-nous, point d'accommodement.

Lors applaudit la bande du Confrére
Et l'on convint qu'il parloit fçavamment,
Ne fe peut mieux fur ce qu'on eût à faire,
Il difoit d'or ; ainfi dés le moment
Crainte de pis, & de mal bevûë,
Scéance encore à ce coup fût rompuë.

Sur ce fait-là le patient Damon
Surpris enfin qu'on ofe dire non,
Quand il veut bien qu'une affaire finiffe

Comme il luï plaît, le paït d'un autre tôn ;
Mais fit-il bien ? fût-ce tort ou Justice
Ne fçai, suffit qu'ainsi le trouva bon.
  Aux Chiens, aux Loups il impose silence
De chaque part à tous les Adherans,
Par son Edit fait pareilles deffence
De dire mot sur tous leurs differens
Entend & veut sans nulle autre Ordonnance,
Que sans délay on subisse la Loy
Et qu'en tous lieux chacun se tienne coy.
  De vray ce coup plus qu'un coup de Tonnere
A tous les Chiens causa beaucoup d'effroy,
Mieux eût vallu la plus cruelle guerre
Se disoient-ils, on valloit bien autant,
Hochoient la tête, obéissoient pourtant
A grand regret & grande répugnance,
Voyant assé quel étoit le danger
Par grand respect qu'ils portoient au Berger
Peut-estre aussi par trop de déference,
Mot ne disoient de la dure Sentence,
Non toutes-fois sans bien fort murmurer
Entre leurs dents, qu'ils n'osoient pas montrer
    Mais cependant c'est dans la Bergerie,
Ou sans scrupule, on se plaint, on s'écrie,
Quoi ! s'écrioit une pauvre Brebis,
Que pouvoit-on faire jamais de pis ;
La be le paix qu'on promet, qu'on prépare.
Certainement l'expedient est rare,
Quand le Loup vient arrêter nos bons Chiens,
Toûjours du Parc Fideles Gardiens,
Les empêcher d'aboyer & de mordre.
Vit-on jamais donner un pareil ordre ?
Pauvres Frebis, helas ! que ferons nous?
L'on veut nous mettre a la gueule des Loups ;

Ah ! que plûtôt j'aille à la Boucherie,
Que de périr par telle fourberie :
Non, non, Miraus, vous brave Soliman,
Et vous encore, généreux Artaban,
Jappez toûjours, prenez notre défense,
Vous le pouvez en bonne conscience.
　　Le cas ainsi, la Brebis, ce dit-on,
Décidoit bien, soit Agneau, soit Mouton ;
Dans ce Troupeau, tout décidoit de même :
Mais quant aux Loups, charmez du stratagême,
Rioient sous cape, alloient toûjours leur train,
Battoient les Champs, & gagnoient du terrain.
Ce n'est pour eux que l'Edit fut sévere,
N'en font-ils pas encore mieux leur affaire ?
Oui ces Brigands, vraiment ont grand souci,
Ni du Berger, ni de ses Loix aussi ;
Comme il leur plaît chacun d'eux s'en dispense.
Que vouloient-ils par l'effet du silence ?
Uniquement ce qu'on disoit ici,
Gagner du tems, & par là se conduire
Plus sûrement aux moyens de séduire,
Le tems gagné fût bien mis à profit ;
Les plus fripons font-ils mieux ce qu'on fît ?
Déguisemens, noirs complots, artifices,
De beaux semblans des offres de services,
Frians morceaux, & bons os à ronger ;
Le faux, le vrai, tout fût mis en usage,
Pour radoucir, pour surprendre, engager,
Les plus hupez qu'on craignoit davantage ;
Bref, lorsqu'on eût bien brigué sourdement
Pris de concert mainte & mainte mesure,
L'on crût enfin que la poire étoit mûre,
Et qu'on pouvoit la cueillir sûrement,
Aussi-tôt fut requis une Audiance,

Le grand Berger la donna bonnement,
Surquoi voilà nouvelle conference.

     L'on s'asseioit , chacun prenoit son rang ,
Sur le fauteuil , sur la chaise , ou le banc ,
Comme il convient d'un air vaille que vaille.
Le grand Milord des Loups & Loups-garoux ,
Par tout faisoit caresse & les yeux doux ,
Dos affublé de la peau d'une Oüaille.
     Visum-visu ses mortels Ennemis ,
En Chiens couchans faisoient humble figure ;
Sembloient vouloir se rendre fort soûmis
A juger d'eux par la seule encolure.
L'on crût pourtant qu'on alloit bientôt voir
Recommencer une forte dispute ;
Lyon encor se mettoit en devoir
Au plus hardi d'aprêter la culbute ,
Se courrouçoit , montroit déja les dents :
Quand tout-à-coup entre les Discordans ,
Parut un Corps , certain Corps de Doctrine ,
Oeuvre de nuit , infernale machine ,
Construite exprès pour causer bien des maux ,
Le poison fin que le Volume exhale ,
Aux Gardiens des allarmez Troupeaux ,
Charme les sens , il surprend , on l'avale ,
Quelques momens comme Ours enmuselez ,
L'on fut sans voix , & tels qu'enforcelez ;
Mais tôt après par un prodige étrange ,
La voix revient , & tout le minois change ,
Un air content , affable , gracieux ,
S'épanouit , & brille dans les yeux ;
Les Dogues fiers devenus débonnaires ,
Avec des Loups s'accordent comme Freres ,
Tant font calmez les plus contentieux.
     Dans cet Esprit le séduisant Ouvrage ,

D'un bout à l'autre eſt lû de page en page,
Et fût trouvé le tout paſſablement ;
Nul n'y toucha, ſinon legerement,
L'un de la dent, & l'autre de la griffe ;
Tel mot ſe change, & tel autre ſe biffe.
Ainſi déja le Thême corrigé
Pour le ſuccez eſt un grand préjugé
Sur d'autres points d'une moindre importance
Fut ſtipulé ſans trop de réſiſtance ;
Enfin tout vû, tout bien conſideré,
L'on ſe trouva preſqu'au bout deſiré.

   Souvent inquiet de ſa peine ſterile,
A cette fois le grand Damon jubile,
Et dans ſon cœur bien fort s'applaudiſſoit,
Diſant tout bas, ainſi qu'il le penſoit :
Quand on ſçait bien préparer une amorce,
Adreſſe fait ce que ne peut la force.

   Reſtoit pourtant une difficulté,
Mais non petite, après tout concerté,
Et qu'on eût fait ſigner le Formulaire,
Ou ſi l'on veut le grand Préliminaire,
Fut queſtion d'avoir encor la voix,
Même le ſeing des Dogues de Province,
Point important, réputé de grand poids ;
Mylord ſuſdit craignant toujours la pince,
Pour l'avenir voulut s'en prévaloir,
Et joindre encore à ſon arc cette corde
Contre les traits de la noire diſcorde.

   Pour ſeconder ſa vûë & ſon eſpoir,
De tous côtez on dépêche ſans ceſſe
Maints Poſtillons ſur l'affaire qui preſſe.
Tous galopoient, & munis pour le cas
D'inſtructions, de bons Certificats,
De par les Chefs de toute la manœuvre,

Pour quoi pour faire avaller la couleuvre
Aux surveillans du parc & de bon guet,
A tout chacun fût rendu le Paquet ;
Confidemment, enfin si bien l'attrape,
On ajusta, qu'à peine aucun échape,
De la pluspart rien n'étant suspecté,
Le grand Projet en tout fut accepté ;
Si l'on fit bien, ce n'est plus un problême,
Aussi par tout l'on ne fit pas de même ;
Certains Barbons en divers lieux épars,
Peu Courtisans, vrais Dogues Campagnars,
Fleurans de près, se défians du leurre,
Dirent d'abord. vos Loups sont fins Renards :
On nous promet moins de pain que de beurre,
Signer Courrier, retournez sur vos pas,
Vous les perdez, & les frais de l'appas.

De ceux-là donc, quoiqu'on mit en usage,
Ne fût moyen d'extorquer le suffrage :
Partant convint aux diligens Courriers,
De remonter au plûtôt leurs Coursiers,
Et bien leur prît de n'y faire pas faute ;
Car pour avoir un peu compté sans l'Hôte,
Chiens ameutez de differens Quartiers,
Gros & petits à leurs brayes mal nettes,
Alloient au moins tirer des éguillettes.

Mais laissant-là courir les Postillons,
Venons aux fins de leurs Commissions.
Le rapport fait au Congrez des Parties,
L'on fut content ; eux tres-fort louangez
De tout le fait dont ils s'étoient chargez,
Fors neanmoins de brusques réparties
De quelques-uns : mais on s'en consola.
Passe, dit-on, le Traité pour cela,
Moins ne vaudra, les clauses consenties ;

Incontinent furent mises au net ,
Le tout relû , figné , fait & parfait.
   Or d'un Traité de cette confequence ,
Veut-on fçavoir quelle en eft la teneur ?
A tout le moins ce qu'il porte en fubftance,
Vous le dirai , le fçai prefque par cœur.
   Eft dit , Primò : Qu'amitié fraternelle
De Chiens à Loups fera perpetuelle :
Que lefdits Loups vivront pareillement
Avec les Chiens tres-cordialement :
Qu'à cette fin , fans noife , ni querelle
Se traiteront toujours honnêtement ;
Et pour autant , fi par bonne fortune,
Advient aux Loups aubeine non commune,
Part en feront aux Chiens leurs bons amis :
Mais en revanche leur fera permis
De vifiter par fois la Bergerie ,
Selon les Droits & les Us anciens ,
Et fur cela point de fupercherie ,
Ni de Contrat de par Meffieurs les Chiens.
Si quand des Loups viendront pour la vifite,
Quoi qu'apperçûs de loin , ou tout-à-coup ;
Même pour lors ne fera plus licite
Ni de japper , ni de crier au Loup.
   ITEM. Les Loups à la premiere inftance,
Requis feront ferment d'obéiffance
Audit Berger , fauf la refr action ,
En foi de Loup , & fur leur confcience,
Bien entendu qu'à la douce Puiffance
N'auront jamais que la foumiffion
Qu'ils voudront bien avoir dans l'occurrence,
Et toutesfois de la protection,
Comme les Chiens ayant toute affurance,
Partageront auffi la bienveillance.

Item. Au fait de la Religion,
Pourront avoir telle ou telle croyance
Qu'il leur plaira sans appréhension,
D'estre repris de l'Inquisition.
En conséquence aussi pour la Doctrine.
Quoi-qu'erronnée, ou même libertine,
En useront comme bon semblera,
Et sur ce point on ne chicanera ;
Jamais les Loups de même leur morale,
Conformément à l'esprit de cabale
Toûjours sera comme elle est aujourd'hui,
Douce pour eux, rigide pour autrui.

   Quand bien encor, ils seroient Schismatiques,
Et qui pis est, déclarez heretiques,
Est deffendu qu'ils soient tels réputez,
Malgré les faits qu'ils croyoient averez.

   Que s'il survient encore, ne vous déplaise,
De Chien à Loup quelqu'action mauvaise,
Comme seroit coup de griffe ou de dent,
Gourmade, insulte, ou quelqu'autre accident,
Il s'en fera bonne & bréve justice,
Soit à l'Auteur, soit encor au Complice,
Bien entendu que les Loups toutesfois,
Pour des raisons qu'on passe sous silence ;
Toûjours exempts de la rigueur des Loix
N'eprouveront que beaucoup d'indulgence.

   Les Parlements prenant leur Cause en main,
Avec chaleur en feront leur affaire,
Et jugeront toûjours à l'ordinaire,
Droit Coûtumier, & jamais le Romain,
Sur ce pied-là recevront leurs Requêtes,
Ou la Grande Chambre, ou celle des Enquêtes
Très-volontiers l'on n'épargnera rien,
Pour leur fournir des Avocats de mise.

En

En trouveront, le Diable en trouve bien
Contre les Saints, lorsqu'on les canonise.
    Car avenant qu'ils soient peu satisfaits
D'un Juge inique, ou Juge mal-habile,
Pourront toûjours pour le bien de la paix
En appeller à ne sçai quel Concile,
Qui se tiendra sans doute dans les bois
Pour qu'ils ayent droit d'y donner leurs voix.
    Enfin entre eux, au moins pour l'apparence,
Sans chicanner, sans plus estre rivaux
Sur tous ces points de bonne intelligence
Et Chiens & Loups garderont les Troupéaux,
Et voilà tout ce qui fait l'Alliance,
Le concordat qu'attendoit tant la France.
    Ne faut pourtant obmettre un dernier point,
Sur quoy les Loups ne se relâchent point,
Prétendent fort ou que l'acte autentique
Ne s'enregistre en la grande Chronique,
Comme de droit se fait communément,
Ou pour le moins qu'encor expréssement
Soit protesté contre certaines clauses,
Tant qu'à leur gré tout y soit assorty,
Et là-dessus déjà combien de glôses
Autant de l'un que de l'autre Party !
    Mais, Grand Damon, grand mercy son génie,
A fort compté que l'affaire est finie,
Même ordonna que sur l'heureux succès
De ses grands soins & d'un si long procès
De toutes parts la nouvelle s'envoye,
Et qu'aussi-tôt avec des feux de joye
Soit fait par tout chanter le *Te Deum*.
    Mais bien plûtôt chantez *Fidelium*,
Se prit à dire à cette circonstance,
Un vieux Bellier de longue experience,

O prieclaros custodes ovium,
S'écria-t'il ! quoyque l'on ait sçu faire ;
Pour nous garder, c'est bien-là nôtre affaire,
De mon Vivant, autant que me souviens,
N'ay vû de Loup d'accord avec nos Chiens.
Ce beau Traité, cette Paix qu'on espere,
Ne sera donc qu'une belle chimere ?
Ainsi souvent parloit le vieux Belier,
Et parloit mieux, dit-on, qu'un Chancelier ;
Car aujourd'huy, *dans le tems où nous sommes*,
Bêtes parfois parlent mieux que les *Hommes*.

    Avisez donc, Berger du grand Troupeau,
Ce grand Projet qu'avez trouvé si beau ;
Qu'avez toujours conduit à votre guise.
Qu'est-ce enfin qu'une vaine entreprise ?
Vous le voyez, si vous le voulez voïr ;
Tous vos efforts, tout votre grand pouvoir,
Au cas present n'ont produit autre chose.
Qu'attendez-vous une métamorphose ?
Au grand jamais les Loups ne changeront ;
Les Loups sont Loups, & toujours le seront
Contre vous-même & votre Bergerie ;
Vous les verrez tôt ou tard en furie,
Se moqueront, & se moquent déja
De votre Paix, & de qui la forgea.

    Si m'en croyez, j'oserai vous le dire,
Prenez leçon de celui qui m'inspire ;
Appollon fut comme Vous grand Berger,
Le sort ainsi voulut le partager ;
Mais il sçût bien se servir de ses Armés,
De son Berçail éloigner les allarmes,
Sans s'amuser à faire des Traitez,
Ni Concordats bien ou mal concertez,
Fit redouter ses traits & sa Houlette,

Garda si-bien le grand Troupeau d'Admette,
Qu'il fut heureux sous sa protection ;
Jamais ny Loup, ny Tigre, ny Lyon,
N'eût seulement osé lever la tête,
Ny se montrer, s'ils osoient approcher,
Leur en coûtoit, ou falloit dénicher.

    Puissant *Damon*, imitez cet exemple ;
Si-l'eussiez fait, seriez digne d'un Temple,
Plus qu'Appollon : mais quoyqu'*inveteré*,
Le Mal n'est pas encore *desesperé* ;
Avez en main le *Remede efficace*,
Chassez, frappez, exterminez ces Loups,
Dont trop longtems vous ménagez l'audace ;
Livrez enfin cette maudite Race
A tous vos traits, à tout votre courroux,
Sans quoy jamais, pour qu'en deux mots j'acheve,
Votre Troupeau n'aura ny Paix ny Tréve.

FIN.

VERS

SUR LA SAMARITAINE.

LE Pere le Tellier, grand amy de Dieu;
Mais plus encore de la noire Sequelle;
Un jour passant sur le Pont neuf:
Eh quoi! dit-il, toûjours cette Femelle.
Jazet pendant cent ans; & que dire encor.
Son Compagnon, esprit grave & fort,
Luy dit Jesus; luy prouve que la Grace.
Est un céleste Don, nécessaire, efficace,
Efficace, répond le Pere tout en feu;
Qu'on me les mette sur ma Liste,
Ainsi que Port-Royal, faisons raser ce lieu;
Parbleu, j'avois dit qu'ils étoient Janseniste.

* * *

www.ingramcontent.com/pod-product-compliance
Lightning Source LLC
LaVergne TN
LVHW010103060726
842524LV00006B/2283